THOMAS SIEMENSEN

Die Deutsche Bibliothek - CIP-Einheitsaufnahme

Siemensen, Thomas: Haiopeis

10. Aufl. - Kiel: Achterbahn AG, 2000

ISBN 3-89719-051-6

Achterbahn AG

Werftbahnstr. 8, 24143 Kiel

www.achterbahn.de

Gesamtherstellung: Nieswand Druck GmbH, Kiel

Printed in Germany

10. Aufl. 2000

ISBN 3-89719-051-6

WOZU SOLL DENN DAS GUT SEIN?

DAMIT KANN MAN ÜBER WASSER SCHWIMMEN, OHNE LUFT ZU SCHLUCKEN ...

... ALLERDINGS NUR AUF DEM RÜCKEN.

EINE INSEL! DAS MUSS SYLT SEIN.

UNMÖGLICH, SYLT IST DOCH VIEL GRÖSSER.
WOHER WILLST DU WISSEN WIE GROSS ES IST? DU WARST NIE DA.

DU, DAS IST EIN KUHFLADEN.
WOHER WEISST DU, DASS SYLT KEIN KUHFLADEN IST?
PIEKS

BLUBBER

TYPISCH! ERST ALLES BESSER WISSEN UND DANN SYLT VERSENKEN.

OH, SCHAU MAL! DIE ERSTE SEEANEMONE IN DIESEM JAHR.

HACH, WENN IM FRÜHLING ALLES LEBEN ERWACHT, DANN BEKOMME ICH SO EIN GEFÜHL ...
SCHNAPP

... ICH WEISS GAR NICHT, WIE ICH ES BESCHREIBEN SOLL.

MEINST DU VIELLEICHT HUNGER?
RÜLPS!

EHE WIR WEITER DREHEN KOMMT DER WEISSE HAI ABER NOCH MAL IN DIE WÄSCHE!
GEHT KLAR, CHEF...!

...HAT SICH DAS ALTE FERKEL ETWA SCHON WIEDER BEKLECKERT?
DA NEHMEN WIR MAL DIE TURBOWÄSCHE, 95° MIT BUTTERWEICHSPÜLGANG.

VERGISS JA NICHT ORDENTLICH ZU SCHLEUDERN. FÜR DIE NÄCHSTE SZENE BRAUCHT ER EINEN BESONDERS BLUTRÜNSTIGEN BLICK.

VORSICHT! ER HAT DEN SCHWARZEN GÜRTEL.
NA UND? ICH HABE DIE SCHWARZE SONNENBRILLE.

AUSSERDEM HABE ICH NOCH DIE ROTE SOCKE, DAS GRAUGRÜNE KRABBEN-BRÖTCHEN, DIE VIOLETTE WÄSCHEKLAMMER UND – ...

... DIE GELBEN FINGER VOM RAUCHEN. ALSO, WAS REGST DU DICH AUF?

ICH HABE DAS BLAUE AUGE.

ICH WEISS JETZT, WIE WIR AN IHN RANKOMMEN. DU STEIGST AUF MEINE SCHULTER, DANN ICH AUF DEINE, DU WIEDER AUF MEINE USW., BIS WIR OBEN SIND.

DAS WIRD NICHTS. ICH BIN NICHT SCHWINDELFREI.
...UND WENN DU IMMER UNTEN STEHST?

GEHT TROTZDEM NICHT. DAS MACHEN MEINE BAND-SCHEIBEN NICHT MIT.

WETTEN, DASS ICH DIESE SEEANEMONE MIT MEINEM CHARME BETÖRT HABE?

LEIDER IST SIE SO SCHÜCHTERN, DASS SIE NICHT EIN VERSTÄNDLICHES WORT HERAUSBRINGT.
GRRR!

JETZT HEISST ES AUFS GANZE GEHEN. DANN WERDEN WIR JA SEHEN...
RUPF!

SIE LIEBT MICH, SIE LIEBT MICH NICHT, SIE LIEBT MICH...

EIN SCHRECKLICHES VERBRECHEN, HERR KOMMISSAR. SIE SIND GEFRESSEN WORDEN.
KEINE ÜBERLEBENDEN?

NICHT EIN EINZIGER. ALLE ABGENAGT BIS AUF DIE KNOCHEN.
WIE ENT-SETZ-LICH!

WIR KRIEGEN DEN KERL, DER DAS GETAN HAT.
JAWOLL!
DAS VERSPRECHE ICH IHNEN.
JAWOLL!
UND DANN WIRD ER DAFÜR BÜSSEN,...
JAWOLL!

... DASS ER UNS NICHTS ABGEGEBEN HAT.

NEIN!
DOCH.

NEIN!
DOCH.

NEIN!
DOCH.

NEIN!
DOCH.

NEIN!
DOCH.

NEIN!
HAIE SIND NICHT ZU BLÖD ZUM DISKUTIEREN!

WENN ICH NICHT SCHLAFEN KANN, ZÄHLE ICH IMMER MÖWEN.

DU, HIER SIND GAR KEINE MÖWEN.
STIMMT.

DAS IST JA TODLANGWEILIG.
STIMMT.

ZUM EINSCHLAFEN.
DARUM GEHT'S JA.

MIST! EINS.

GNAP

DIE WERDEN JA IMMER VERRÜCKTER. EBEN HAT MICH SOGAR EINER GEBISSEN.

PLOP
WAS WILLST DU MACHEN? DAS IST EBEN DER FRÜHLING.

WAS!? DU KENNST DAS MISTVIEH AUCH NOCH PERSÖNLICH?

DAS DÜRFEN WIR UNS NICHT GEFALLEN LASSEN. WIR MÜSSEN EINGABEN MACHEN, UNTERSCHRIFTEN SAMMELN, FLUGBLÄTTER VERTEILEN, ...

... STREIKEN, DEMONSTRIEREN. WIR MÜSSEN IHNEN DIE ZÄHNE ZEIGEN! ES IST ZEIT FÜR EINE REVOLUTION, EINE ABRECHNUNG!!

WIR WERDEN SIE IN STÜCKE HACKEN, DURCH DEN WOLF DREHEN, IN HEISSEM ÖL SIEDEN, GANZ LANGSAM ZERMALMEN ...

GUT, DASS DU MICH DARAN ERINNERST. ZEIT ZUM ESSEN.

SCHON GEHÖRT? DA DRÜBEN IST SOMMERSCHLUSS-VERKAUF.
NICHTS WIE HIN!

SOMMERSCHLUSS-VERKAUF? MOMENT MAL, WIR HABEN MÄRZ.
SOMMER-SCHLUSS-VERKAUF
DU HAST RECHT. DAS MUSS EIN IRRTUM SEIN.

GEH'N WIR!
SOMMER-
VERKAUF

FREIBIER

SEID GEGRÜSST ERDLINGE. ICH BIN KUNDSCHAFTER DES PLANETEN „WEGDA" UND SUCHE DIE NÄCHSTE LEIHBÜCHEREI.

DA GEHT'S LANG.

DANKE.
DAS DARF DOCH NICHT WAHR SEIN!

DA BEGEGNEN WIR ZUM ALLERERSTEN MAL EINEM AUSSERIRDISCHEN, UND DU ISST IHN EINFACH SO AUF.

DA KANN MAN SICH DOCH GANZ FURCHTBAR DEN MAGEN VERKORKSEN.

GUCK MAL, DER STÖPSEL DA! WAS WOHL PASSIERT, WENN ICH ...?
LASS BLOSS DIE FINGER DAVON! DU MACHST DICH UNGLÜCKLICH. VOR ALLEM NICHT 'RAUSZIE...

TU'S NICHT!
FLUP
NE!!!!!IN

TÜR ZU, STINKFISCH!

WAS HAST DU DENN ERWARTET?

WENN ICH REICH WÄRE, ...
JUNGE, ICH KANN DIR SAGEN ...

...JEDEN TAG SCHAMPUS
UND KAVIAR .....

...EINEN BUTLER, EINEN CHAUFFEUR,
JEDE MENGE SCHARFE FRAUEN...

FÄLLT DIR DENN AUSSER ESSEN
ÜBERHAUPT NICHTS EIN ?

TOLLES FERNGLAS! ICH KANN HELGOLAND SEHEN...
LASS MICH AUCH MAL!

... DAHINTER ENGLAND, IRLAND, DER ATLANTIK...
ICH WILL AUCH MAL.

...AH, AMERIKA... DANN KOMMT WIEDER GANZ VIEL WASSER...
... AUCH MAL.

...JAPAN, CHINA, RUSSLAND, DER HAMBURGER FERNSEHTURM...
BITTE, BITTE.

OH!
WAS?

DA SIND ZWEI HAIE.
ACH?

JA, DER EINE GUCKT DURCH EIN FERNGLAS,...
NUN LASS MICH DOCH AUCH MAL.

... UND DER ANDERE QUENGELT.

HALT!

JETZT REICHT'S! ICH WILL AUCH MAL AN'S ENDE DER NAHRUNGSKETTE.

SIE HABEN IM TEST 2 VON 2587 PUNKTEN ERREICHT.

SO VIELE HATTE ICH NOCH NIE. WANN KANN ICH DENN ANFANGEN ZU STUPIDIEREN ?

WIESO STUDIEREN ?

DAS WAR DER TEST FÜR DIE PUTZKOLONNE.

ÜBERRASCHUNG! DER OSTERHAI IST DA!
ICH WERDE MICH JETZT VERSTECKEN, UND IHR MÜSST MICH SUCHEN. JA?

FERTIG! IHR KÖNNT KOMMEN!

DER HAT SICH JA IRRE GUT VERSTECKT. DAS KANN SCHWIERIG WERDEN.
LASS UNS MAL DA DRÜBEN SUCHEN. HIER KENNEN WIR JA SCHON ALLES.

WEISST DU, DAS ERINNERT MICH DARAN, ALS MAL MEIN HAUSTÜRSCHLÜSSEL VERSCHWUNDEN WAR. DEN HABE ICH ERST NACH DREI JAHREN WIEDERGEFUNDEN...
...ABER DA WAR ICH SCHON UMGEZOGEN.

LASS MICH 'RAUS! ICH BIN EIN VERZAUBERTER HERING IN TOMATENSOSSE.
HÄ?

WENN DU MICH FREI-LÄSST, HAST DU EINEN WUNSCH FREI.
TOLL!

WAS WÜNSCHE ICH MIR DENN MAL...? ...GLÜCK...?... GESUNDHEIT...? ...WELTFRIEDEN...?

NA, WEISST DU NUN ENDLICH WAS?
...

WENN ICH ES SO RECHT BEDENKE, DANN HÄTTE ICH AM LIEBSTEN EINEN HERING IN TOMATENSOSSE.

WIR SOLLTEN DAS REGELN WIE VERNÜNFTIGE, ZIVILISIERTE HAIE.

WAHRSCHEINLICH HAST DU RECHT...

POCK

DU HAST ES SO GEWOLLT. WIR HÄTTEN AUCH DARÜBER REDEN KÖNNEN.

BLUB
ACH, MUSCHELN SIND DOCH DIE BESSEREN HAIE. SO TREU UND SO GELEHRIG.

BLUB
ALS ERSTES WERDE ICH IHR BEIBRINGEN ZU SPRECHEN.

BLUB
SAG MAL „BLUB".

BLUB

BLUB
DAS KLAPPT JA FANTASTISCH! NÄCHSTE LEKTION.

BLUB
SPRICH MIR NACH: „DESOXYRIBONUKLEINSÄURE".

SIE SIND SO GRÜN IM GESICHT. IST IHNEN VIELLEICHT ÜBEL?
ICH BIN EINE PFLANZE, HERR DOKTOR.

MACHT NICHTS, ICH BIN FÜR ALLE DA. ALSO WESHALB KOMMEN SIE ZU MIR?

ABER ICH KOMME JA GAR NICHT. ICH BIN HIER FESTGEWACHSEN.

DAS IST JA FURCHTBAR! KEIN WUNDER, DASS IHNEN SO ÜBEL IST.

ICH BITTE MIR ETWAS ORDNUNG AUS. IHR STELLT EUCH JETZT HINTEREINANDER AUF...

...UND SCHWIMMT DER REIHE NACH HIER REIN BIS ICH „HALT"SAGE.

ICH WILL KEIN GETOBE UND GEDRÄNGEL SEHEN. (DAS GIBT NÄMLICH SODBRENNEN.)

ACH! IST SO EIN KLEINES BISSCHEN DISZIPLIN SCHON ZUVIEL VERLANGT?

ICH HAB FAHNFMERPFEN.

VÖLLIG FALSCH! ES MUSS HEISSEN: ICH HABE ZAHNSCHMERZEN.

WAF, DU AUCH...?

WIEFO KANNFT DU DANN NOCH FO DEUTLICH FPRECHEN?

DU DENKST AUCH IMMER NUR AN DAS EINE, SCHATZ.

?

SCHNAPP!

...HÄTTE ICH'S DOCH GLATT VERGESSEN...

DA HINTEN KOMMT EIN HERINGSSCHWARM. WIR BRAUCHEN NUR DAS MAUL AUFSPERREN UND WARTEN.

LASS UNS DIE AUGEN ZUHALTEN, DANN KÖNNEN SIE UNS NICHT SEHEN.

WO BLEIBEN SIE DENN?

KEINER MEHR ZU SEHEN.

SAG BLOSS, DIE KENNEN DEN TRICK AUCH.

TUT MIR LEID. DAS WAR EIN VERSEHEN.

SCHON GUT. KANN JA MAL VORKOMMEN.

DU BIST MIR EHRLICH NICHT BÖSE?
NEIN, NEIN.

HEISST DAS, ICH DARF NOCH MAL?

OH, EINE STERNSCHNUPPE! ICH DARF MIR WAS WÜNSCHEN.

PLOCK

HE, DAS MIT DEM WÜNSCHEN KLAPPT JA TATSÄCHLICH!

SO, ALLES IST BEREIT. JETZT MACHEN WIR AUS DIR EINE LECKERE BOUILLABAISSE.

NICHT, DASS ICH SCHWIERIGKEITEN MACHEN WILL, ABER JEDEM FISCHSUPPENANWÄRTER STEHT EINE LETZTE ZIGARETTE ZU.

NEIN, NEIN, DAS MUSS EIN ANDERES REZEPT SEIN.

WILLST DU AUCH EIN STÜCK BUTTERCREMETORTE ?
DAS DARF DOCH NICHT WAHR SEIN! SEIT WANN ESSEN HAIE TORTE?

... VIELLEICHT EINEN SCHLUCK COLA ?
HAIE TRINKEN AUCH KEINE COLA.

WARUM DENN NICHT ?

ZUVIELE KALORIEN.

KLINGELING
DRENGENENGENENG
KLACK
PLING SCHNORZ

KOMMT MAL ALLE HER!

Siemensen 1/92 – 21
ER BEHAUPTET, ER SEI DER BERÜHMTESTE DELPHIN DER WELT...

MEINE ZIGARETTE IST AUSGEGANGEN. GIB MIR MAL FEUER!

UNTER WASSER? UN-MÖGLICH! DAS IST GEGEN DIE NATURGESETZE.

ACH, KOMM MIR NICHT MIT GESETZEN! NUN MACH SCHON!

NA GUT. ABER PASS AUF, DASS KEINER GUCKT!

NUN SIEH SICH DAS EINER AN. DAS BUFFET IST ERÖFFNET.

MANN, DA IST JA EINER LECKERER ALS DER ANDERE. WO FANG' ICH DENN MAL AN ...?

... DIE ROTEN SIND SCHÖN SCHARF, DAFÜR SCHMECKEN DIE GRÜNEN NACH WALDMEISTER ... DER DICKE DA KÖNNTE MIR AUCH GEFALLEN ... HE, WO IST ER DENN JETZT..?

WAS WAR DENN? DU HAST JA GAR NICHTS GEGESSEN.

...KONNTE MICH NICHT ENTSCHEIDEN...

VORSICHT, EINE WELLE! SIE WARTET DARAUF, DASS DU DICH UMDREHST.
KEIN PROBLEM. BIS JETZT BIN ICH NOCH MIT JEDER WELLE FERTIGGEWORDEN.

PLATZ!

PLATSCH!

NA ALSO.

UPS!

ICH HABE EBEN AUS VERSEHEN EINE QUALLE VERSCHLUCKT.
SCHMECKEN DIE?

WAR EIGENTLICH GAR NICHT SO ÜBEL. DIESES LEICHTE HARZER-KÄSE-AROMA...
WAS WAR ES DENN FÜR EINE?

SIE HIESS NADINE SCHNEIDEREIT ODER SO ÄHNLICH...
ACH!

KANNTEST DU SIE?

Siemensen 6/92-65
WAR DAS NICHT DIE, DIE SICH NIE DIE FÜSSE GE-WASCHEN HAT?

...IST EIGENTLICH UNSINN, SICH JETZT NOCH MIT SONNENCREME EINZUSCHMIEREN, WO WIR DOCH GLEICH SCHWIMMEN GEHEN.

STIMMT. SIE SOLLTEN LIEBER SENF NEHMEN.

PLATZ DA, STINKFISCH!
HÄ?
BIST DU WAHNSINNIG GEWORDEN? LASS UNS LIEBER VERSCHWINDEN.

JETZT HAST DU MUFFENSAUSEN, WAS? DU WEISST, KEIN HAI HAT EINE CHANCE GEGEN PAUL PLANKTON, DEN SCHRECKEN DER MEERE.
PSCHT... NUN HALT DOCH ENDLICH DIE KLAPPE! WAS IST, WENN ER HUNGER HAT?

...ABER ICH HABE HEUTE GUTE LAUNE. ICH GEBE DIR 3 SEKUNDEN UM ABZUHAUEN, BEVOR ICH DICH FERTIG MACHE.
OGOTTOGOTTOGOTTOGOTTO (USW.)

NUN MACH DIR NICHT GLEICH INS HEMD, DU MEMME! WIR SIND DOCH IN DER ÜBERZAHL.

...SCHON MEINEN NEUEN MANTA GESEHEN... ...KLASSE, WAS?

NICHT SCHLECHT, ABER IRGENDWAS FEHLT NOCH... WART' MAL, GLEICH HAB' ICH'S.

TOCK

...TIEFERGELEGT KOMMT BESSER!

FAIRERWEISE MUSS ICH DICH DAVOR WARNEN MICH ZU ESSEN: ...

... ERSTENS BIN ICH RAND-VOLL MIT SCHWER-METALLEN, ...
... ZWEITENS IST HEUTE NICHT FREITAG, ...

... UND AUSSERDEM DARFST DU MIR SOWIESO NICHTS TUN, ...
... WEIL ICH NÄM-LICH BRILLEN-TRÄGER BIN.

TJA, DA SCHEINT WAS DRAN ZU SEIN.

ICH WERDE MIR DIE EINWÄNDE NOTIEREN, ...
... UND SIE NOCH MAL EINGEHEND ÜBERPRÜFEN ...

... ABER NICHT MEHR VOR DEM ESSEN.

GUCK MAL, EINE TOTE MÖWE.
WO?

IN WELCHE RICHTUNG SIEHST DU BLOSS?! WO LANDEN DENN TOTE MÖWEN ÜBLICHERWEISE?

ABER IM BAUCH KANN MAN SIE DOCH NICHT MEHR SEHEN ...

HÖCHSTE ZEIT DEN WAGEN ZU WASCHEN. TU DOCH MAL WASSER IN DEN EIMER.
SCHON VOLL.

DANN BESORG NOCH EINEN SCHWAMM...
HABEN WIR.

...UND SCHEUERSAND.
SAND IST DA.

NAJA, WENN DU NOCH ETWAS SCHNELLER WIRST, BIST DU BALD EINE ECHTE HILFE.

WARUM HÄLTST DU DIE FLOSSE AUS DEM WASSER?

DAS MACHT DIE LEUTE AM STRAND NEUGIERIG. SIE KOMMEN ANGESCHWOMMEN, UND ICH SCHNAPPE SIE MIR.

EHRLICH? WENN ICH AUF-TAUCHE, HAUEN ALLE AB.

DAS LIEGT AN DEINEM MUNDGERUCH.

BLUBBERDI

BLOBBOB
BLOBBAB

BLUBBERDI
BLUBBERDI

BLUBB

WIE FURCHTBAR! SIE WIRD DOCH HOFFENT-LICH NICHT FEUCHT GEWORDEN SEIN ...

NEIN, TRINK DAS NICHT!! DAVON WIRD MAN EIN GANZ SCHRECKLICHES MONSTER!
SO'N QUATSCH...

OGOTTOGOTTOGOTT...

NA ALSO,... NICHTS PASSIERT.

KOMISCH, ICH WAR VORHER EIN GOLDHAMSTER...

WUSCH!

ZU KLEIN...

PLATSCH!

WAS MACHST DU DA ?

DAS IST EIN SPIEL: DU FASST DIE SCHNUR AN, SIE ZIEHEN DICH HOCH, SAGEN „ZU KLEIN" UND WERFEN DICH WIEDER REIN.

...HÖRT SICH LUSTIG AN. DAS PROBIERE ICH AUCH MAL

WIE IST DENN DAS PASSIERT? ... NUN ERZÄHL SCHON!

... KOMMT DOCH GESTERN DIESER SURFER DIREKT AUF MICH ZU. ICH DENK MIR, EIN IMBISS KANN NICHT SCHADEN ...

... UND BLEIBE STEHEN. GERADE WILL ICH IHM EIN BEIN STELLEN, UM IHN VOM BRETT ZU HOLEN ...

... DA FÄLLT MIR EIN, DASS ICH JA GAR KEINE BEINE HABE.

WIR SOLLTEN NOCH EIN WENIG FANGEN SPIELEN.
ICH LIEBE EIN SPIELCHEN VOR DEM ESSEN.

BEVOR DU LOSLEGST MUSST DU ABER BIS 10 ZÄHLEN.
SO WEIT KANN ICH NICHT AUSWENDIG.

DANN BENUTZ DIE FINGER!

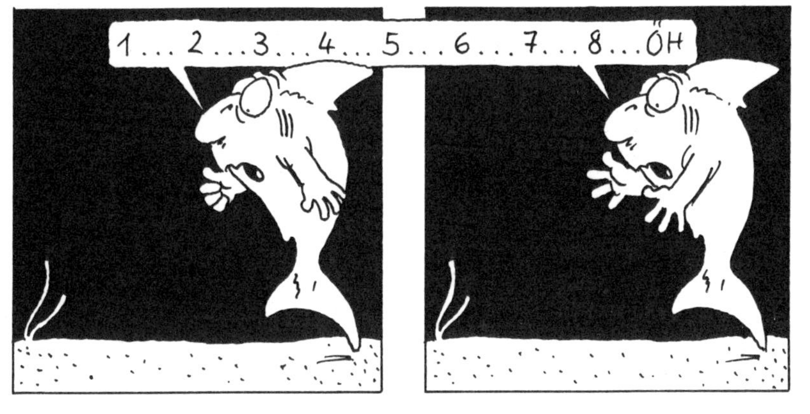
1...2...3...4...5...6...7...8...ÖH

SO EIN MIST! AUSGERECHNET JETZT SIND DIE FINGER ALLE.

MEINE NEUE „VOLL & EX" TAUCHERUHR. WASSERDICHT BIS 500 METER. MUSS ICH UNBEDINGT GLEICH AUSPROBIEREN.

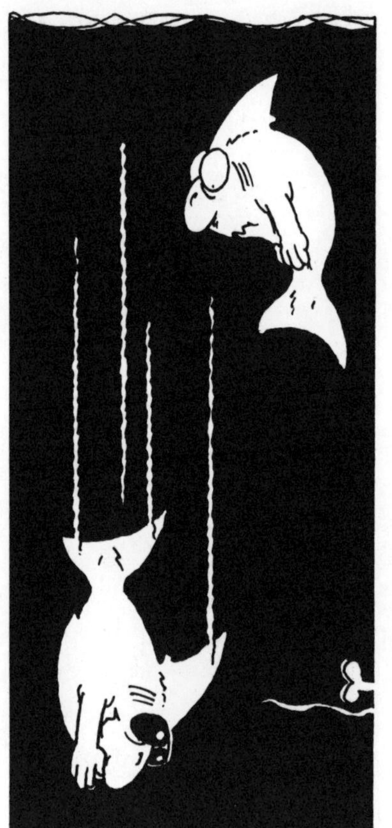

NA, IST SIE DICHT ?!
DIE UHR SCHON ... ABER ICH NICHT!

MIST, AUSGERECHNET EIN JAPANER! DA HABEN WIR NICHT DIE GERINGSTE CHANCE.

GLAUBST DU, ER KANN KARATE...?
SCHLIMMER.

...ODER SCHMEISST MIT MIKROCHIPS?
VIEL SCHLIMMER.

DEN MUSS MAN MIT STÄBCHEN ESSEN.

ARBEITSAMT
NA, DANN WOLLEN WIR DOCH MAL SCHAUEN. AN WELCHE ART TÄTIGKEIT HABEN SIE DENN GEDACHT?

ARBEITSAMT
HM... VIELLEICHT BADEMEISTER... RAUSSCHMEISSER... COMICZEICHNER...

ARBEITSAMT
DA HABEN WIR LEIDER NICHTS, ABER WIE WÄRE ES DENN MIT UHRMACHER? DIE WERDEN GESUCHT.

GEHT KLAR! ICH KANN PRIMA...
UÄÄÄH!
...MACHEN.

WILLST DU WIRKLICH TAUCHEN? ES SOLL HIER VON HAIEN NUR SO WIMMELN.

KANN GAR NICHTS PASSIEREN. HIER HABE ICH EINE BISS-SICHERE WESTE, EINE TAUCHERBRILLE MIT PANZERGLAS, INTEGRALHELM UND BOXHANDSCHUHE. DA WIRD DEN BIESTERN DER APPETIT SCHON VERGEHEN.

HAT MAL JEMAND KETCHUP DA?!

NA BITTE, DAS WAR DOCH GAR NICHT SO SCHWIERIG.

WENN MAN NUR EIN BISSCHEN ORIENTIERUNGSSINN HAT, DIE KARTE RICHTIG HERUM HÄLT...

...UND AN DEN UMLEITUNGEN SCHÖN AUFPASST,...

... IST ES GAR KEIN PROBLEM BÜSUM ZU FINDEN.

HE, WAS IST DENN DAS FÜR EINER ?! SOWAS HABE ICH JA NOCH NIE GESEHEN.

EGAL, BIS JETZT HABEN WIR NOCH ALLES RUNTERGEKRIEGT.
NE NE, ICH ESSE NUR WAS ICH KENNE.

NA JA, IST VIELLEICHT AUCH BESSER ...

ALSO RAUS MIT DER SPRACHE: NAME... VORNAME ... ALTER... GESCHMACKSRICHTUNG...

WACHTMEISTER, WIR WERDEN DEN VERDÄCHTIGEN VORLÄUFIG AUFESSEN.

ABER HERR KOMMISSAR, AUF DER POLIZEISCHULE HIESS ES IMMER...
DAS HIER IST DAS WAHRE LEBEN, MANN. VERGESSEN SIE, WAS SIE AUF DER POLSTEREISCHULE GELERNT HABEN.

POLIZEI-, HERR KOMMISSAR, ES MUSS HEISSEN POLIZEISCHULE.

SAGTE ICH NICHT EBEN, SIE SOLLEN ES VERGESSEN ?!

JUNGE, DU BIST DER GEHEIMTIP DES RENNENS.

ICH HABE MEINEN LETZTEN HERING VERWETTET. ALSO, STRENG DICH AN.

SO, JETZT MUSST DU ABER GANZ SCHNELL AN DEN START.

WAS DENN, NOCH SCHNELLER ?

SEIT GESTERN HAB' ICH ÜBERALL DIESE PICKEL. WAS KANN DAS BLOSS SEIN?

VIELLEICHT WASSERSUCHT, SEEPOCKEN, ÖLPEST, ... IST ABER NICHT WEITER SCHLIMM.

NICHT SCHLIMM!? WAS NENNST DU DENN SCHLIMM?

... WENN ICH SO WAS HÄTTE.

SO MEIN KLEINER, JETZT WOLLEN WIR DICH MAC INS BETT BRINGEN.

NOCH EIN SALATBLATT DRUNTER...

...UND SCHON GEHT'S AB IN DIE FALLE.

... EIN PAAR ZWIEBELCHEN UND REMOULADE, DAMIT DU ES SCHÖN KUSCHELIG HAST...

JETZT DECKEN WIR DICH NOCH MIT DEM REST VOM BRÖTCHEN ZU UND DANN...

... AUGEN ZU UND LICHT AUS.

IIIH! DA GEH ICH NICHT REIN. SCHAU DIR BLOSS MAL AN, WAS DA FÜR VIECHER DRIN SIND.

SCHEUCH DOCH MAL EINER DIE MUSCHELN WEG. DIE VERMASSELN UNS NOCH ALLES.

MOMENT, ICH MUSS MAL EBEN DIESEN FISCH AB-
SCHICKEN. ER IST EIN GESCHENK FÜR MEINEN VETTER.

DA LANG !

GLAUBST DU WIRKLICH,
DASS ER ANKOMMT ?

ABER SICHER, ER SCHWIMMT
PER EINSCHREIBEN.

NEIN, DA SCHWIMME ICH NICHT RÜBER. ALLEIN WENN ICH MIR VORSTELLE, WAS FÜR GEFRÄSSIGE BESTIEN DA UNTEN HAUSEN, WIRD MIR SCHON GANZ SCHWINDELIG.

IST DOCH HALB SO SCHLIMM.
NA, ICH WEISS NICHT...

SCHAU EINFACH NACH OBEN, UND DENK AN WAS NETTES.

NA MEIN KLEINER, WIE HEISST DU DENN?
!

...ODER HAST DU ETWA GAR KEINEN NAMEN?... DAS MÜSSEN WIR ABER GANZ SCHNELL ÄNDERN.
?

WARTE MAL...
...

ICH HAB'S! WIR WERDEN DICH „SCHLEMMERFILET BORDELAISE" NENNEN.

ICH HABE IM PREISAUS-SCHREIBEN GEWONNEN.
GRATULIERE. WAS IST ES DENN?

EIN PAAR „HAISPEED" TURNSCHUHE.
ZU BLÖD, DAS IST JA NUN VÖLLIG DANEBEN...

...SO SCHLECHT, WIE DU IN FORM BIST.

DU MEINST, SIE HABEN ZUVIELE KALORIEN?

OH NEIN, WIR HABEN VERSCHLAFEN! ES IST SCHON EBBE.

HALB SO WILD. MAN MUSS NUR „SCHWAPPSCHIWAPP" SAGEN, UND DAS WASSER KOMMT ZURÜCK.

WEITER NICHTS? DA IST DOCH GARANTIERT EIN HAKEN DABEI.

ABER NEIN, EINFACH NUR SECHS STUNDEN LANG „SCHWAPPSCHIWAPP" SAGEN.

OH NEIN! ICH HABE IMMER BEFÜRCHTET, DASS ES MAL SO WEIT KOMMEN WÜRDE, UND JETZT HABEN WIR DEN SALAT.

IMMER MIT DER RUHE.

WIE KANN MAN DA RUHIG BLEIBEN?! DER RESOPALRABOTNIK HAT DAS MEER UMGEKIPPT, UND NUN SITZEN WIR BIS ANS LEBENSENDE IM DUNKELN.

... IST DOCH BLOSS ABERGLAUBE, GENAU WIE DER OSTERHAI.

ES IST STOCKDUSTER! WAS FÜR EINEN BEWEIS BRAUCHST DU NOCH? NEIN, NEIN, DAS WAR DER RESOPALRABOTNIK.

DIESEN FISCH HABE ICH AUS AUSTRALIEN. ER KOMMT IMMER WIEDER ZURÜCK, WENN MAN IHN WEG-SCHMEISST.
WIE PRAKTISCH.

DU, DIE HABEN DICH ANGESCHMIERT. ES WAREN GAR NICHT DIE FISCHE, DIE ZURÜCKKOMMEN,..

... SONDERN DIE KÄNGURUHS.

OH GOTT, WAS FÜR EINE UNANGENEHME SITUATION. ICH MÖCHTE AM LIEBSTEN IM BODEN VERSINKEN.

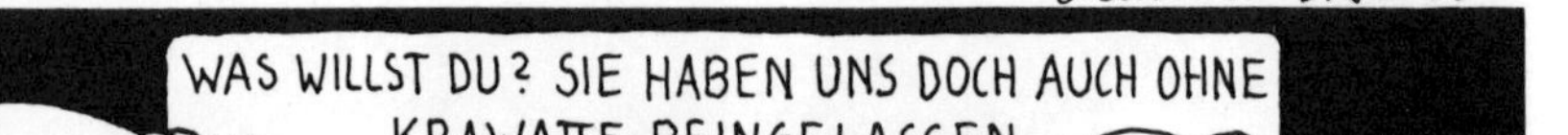

WAS WILLST DU? SIE HABEN UNS DOCH AUCH OHNE KRAWATTE REINGELASSEN.

HUHU!
HUCH, EIN HAI!
SCHNAPP
AUTSCH! ...HÖR SOFORT AUF ZU KAUEN, ODER ICH RUFE MEINEN KUMPEL...!
NUR ZU! (MAMPF) DER PASST AUCH NOCH REIN.

NOOOORBERT!!!

...MAL IM ERNST, DER SIMULIERT DOCH NUR...

WOLKEN ERINNERN EINEN DOCH MANCHMAL AN DIE MERKWÜRDIGSTEN DINGE.

DIESE HIER UNTEN GEFÄLLT MIR ZUM BEISPIEL GAR NICHT.

DU HAST RECHT. DIE SIEHT SO NACH REGEN AUS.

UM EINEN EINSIEDLERKREBS INS FREIE ZU LOCKEN, ...

... BRAUCHT MAN PSYCHOLOGISCHES EINFÜHLUNGSVERMÖGEN, UNWIDERLEGBARE ARGUMENTE EINE AUSGEFEILTE RHETORIK ....

BÄH!

... UND EINEN HAMMER.

AUSKUNFT
WELTBERÜHMTER DELPHIN MIT SIEBEN BUCHSTABEN ?

„GLIBBER" GLAUBE ICH.
WAR DAS NICHT DIE WELTBERÜHMTE QUALLE ?

AUSKUNFT
... ABER DIE HEISST DOCH „TRIPPER".
NEIN, NEIN, DAS WEISS DOCH NUN WIRKLICH JEDER, ...
6/92 – 73

... DASS „TRIPPER" DIE WELT-BERÜHMTE SEEPOCKE IST.

EI, GROSSMUTTER, WAS HAST DU FÜR GROSSE OHREN ?
... DASS ICH DICH BESSER HÖREN KANN.

EI, GROSSMUTTER, WAS HAST DU FÜR GROSSE AUGEN ?
... DASS ICH DICH BESSER SEHEN KANN.

EI, GROSSMUTTER, WAS HAST DU FÜR GROSSE FLOSSEN?
... DASS ICH DICH BESSER PACKEN KANN.

DANKE FÜR DIE AUSKUNFT. KEINE WEITEREN FRAGEN.

ÖH ... ES GÄBE DA NOCH ALLERHAND WISSENSWERTES ÜBER MEIN ENTSETZLICH GROSSES MAUL ... !

HUHUUUUUUUUUU

HUHUUU
HUUUUUU
HUHUUUUUU
HUHUHUU
HUHUUUUUUU
UUU

HUHUU
OB ES DER MOND WOHL HÖREN KANN, WENN WIR IHN ANHEULEN?
HU HUHUUUUUUUUU

WEN INTERESSIERT DENN DER MOND?! DU STEHST AUF MEINEM SCHWANZ!

NIMM'S NICHT PERSÖNLICH, ABER WENN ICH DEPRIMIERT BIN, MUSS ICH IMMER WAS ESSEN

TATSÄCHLICH? BEI MIR IST ES UMGEKEHRT. ICH KRIEGE IMMER DEPRESSIONEN, WENN ICH GEGESSEN WERDE.

IST JA INTERESSANT...

DA BLEIBEN DIE DEPRESSIONEN ALSO IMMER!

ICH HAB'S! ICH WEISS JETZT, WIE MAN ALLE SEINE PROBLEME AUF EINEN SCHLAG LOSWIRD.
OH, DAS WÜSSTE ICH AUCH GERN. VORSICHT, EIN EISBRECHER. NUN ERZÄHL DOCH SCHON.

WAS?
BONK

GEHT'S WIEDER? DU WOLLTEST EBEN VON PROBLEMEN ERZÄHLEN.

WER SIND SIE? WER BIN ICH? WAS FÜR PROBLEME?

ERZÄHLEN HÄTTE AUCH GEREICHT ... EHRLICH.

DIE ERGEBNISSE IHRER KLAUSUREN LASSEN BEFÜRCHTEN, DASS EINIGEN NIEDEREN LEBENSFORMEN UNTER UNS DAS PARADIES DES INTELLEKTES WOHL FÜR IMMER VERSCHLOSSEN BLEIBT.

WAS MEINT ER DAMIT? MACHT DIE MENSA ETWA NICHT MEHR AUF?

LIEBE FREUNDE, VERNEHMT DAS WUNDER! DES NACHTS SCHWEBTE EIN BLUMENTOPF NIEDER AUF MEIN HAUPT UND SANDTE MIR DIESE VISION: ALLÜBERALL IN DEN WASSERN WARD EITEL FRIEDE UND EINTOPF. – OH, JUBILIERET IHR GLITSCHIGEN, DENN DAS PARADIES IST SO NAHE. ES BEDARF NUR EINES WINZIGEN SCHRITTES: ...

WIR MÜSSEN VEGETARIER WERDEN.

SOWEIT KOMMT'S NOCH!
SOLLTE MAN ALLE AUFESSEN DIE VEGETARIER! (ZITAT: BERT SCHEPULL)
STINKFISCH!
8/92 - 84

UND VOR ALLEM MÜSSEN WIR REGELMÄSSIG DEN RASEN MÄHEN.

VORSICHT! DA IST EIN HAI HINTER DIR.
DU WILLST MICH DOCH BLOSS REINLEGEN. DA IST GAR NICHTS, UND WENN ICH MICH UMSEHE, LACHST DU DICH KAPUTT.

GLAUB DOCH WAS DU WILLST. ICH HAUE JEDENFALLS AB.

SEI EHRLICH! DU HAST DOCH NUR GEFLUNKERT?!
STIMMT! IN WIRKLICHKEIT IST DER HAI UNTER DIR!

NA ALSO. WUSSTE ICH'S DOCH GLEICH, DASS ER MICH VERKOHLT.

ICH HABE EBEN ZWEI SO GROSSE FISCHE GEFANGEN.

ÜBERTREIBST DU DA NICHT EIN WENIG ?

IM GEGENTEIL. EIGENTLICH SIND SIE SOGAR NOCH GRÖSSER,...

...ABER MEINE ARME SIND NICHT LANG GENUG.

DIESE AUSREDE KENNE ICH SCHON. NEIN, BEI FALSCHEM PARKEN HÖRT DER SPASS AUF.

DAFÜR GIBT ES EINE MÜNDLICHE VERWARNUNG.
PUUUH...
DAS BEDEUTET ICH MUSS SIE JETZT AUFESSEN.
OH!

DAS MAG IHNEN HART ERSCHEINEN, ABER ES BEWAHRT SIE DAVOR RÜCKFÄLLIG ZU WERDEN.

MAL DAVON ABGESEHEN, DASS ES MICH VOR DER KANTINE BEWAHRT.

HALLO, PIZZA-SERVICE! ... ... JA, ZWEI STÜCK ... ... NA, IRGENDWAS MIT FISCH ... JA, GUT ...

... DEN BODEN KÖNNEN SIE WEGLASSEN, DAFÜR MEHR BELAG ... ADRESSE? ... ... ÖH, SCHMEISSEN SIE'S EIN-FACH INS MEER ...

ER SAGT, DIE NÄCHSTE PIZZA WILL ER MIT UNS GARNIEREN.

MANN, ICH WOLLTE WAS ZU ESSEN UND KEINEN JOB!

WAS SOLL ICH BLOSS GEGEN DIESE KOPFSCHMERZEN MACHEN?

AM BESTEN LEGEN WIR DIR EINEN EISKALTEN KRAKEN AUF DIE STIRN.
...DAS HILFT?

IGITT! WIE SOLL ICH DEN JEMALS WIEDER LOSWERDEN?

Siemensen 3/92 – 29
SIEHST DU? SCHON SIND DIE KOPFSCHMERZEN VERGESSEN.

KANNST DU DICH NICHT ANDERSHERUM MIT MIR UNTERHALTEN? SO IRRITIERT MICH DAS NÄMLICH GANZ FÜRCHTERLICH.
TUT MIR LEID, DAS WOLLTE ICH NICHT.

BESSER SO?
GNAP GNAP GNAP

EIGENTLICH MEINTE ICH ANDERSRUM...
WIE BITTE?

EINEMARKRELEFÜREINENBLINDENHAIKAVIARFÜREINENBLINDENHAIGOLD-UNDSILBERFISCHEFÜREINENBLINDENHAI...

HIER, BITTE.

SCHNAPP!

2/92-27

OH, DAS WAR ABER EIN GROSSER. VERBINDLICHEN DANK DER HERR.

FLOSSEN HOCH!
BEUTE

UM MISSVERSTÄNDNISSE ZU VERMEIDEN: ICH BIN EIN RAUBFISCH, UND DAS HIER IST EINE ECHTE WASSERPISTOLE.

SO, JETZT LEERT IHR SCHÖN EURE TASCHEN AUS... UND KEINE FISIMATENTEN!

GUT, DASS ER KEINE FISIMATENTEN WILL. ICH WEISS GARNICHT, OB ICH SOWAS DABEI HABE.

NA, WO IST DAS STÖCKCHEN ?
OINK
OINK

SUCH DAS STÖCKCHEN!
OINK
OINK

KOMM, BRING HAICHEN DAS STÖCKCHEN!

HE, WO IST MEIN SEEHUND?! ICH WILL MEINEN SEEHUND WIEDERHABEN!

DU HAST NUR WAS VOM STÖCKCHEN GESAGT.

RUMPEL!
JUNGE, ICH SPÜR'S GENAU. WIR KRIEGEN SCHLECHTES WETTER.
ACH?

VERLASS DICH DRAUF. MEIN GROSSVATER SAGTE IMMER: WENN'S BLITZT UND DONNERT, STÜRMT UND SCHNEIT, IST SCHLECHTES WETTER NICHT MEHR WEIT.

AUSSERDEM HABE ICH WIEDER DIESES STECHEN IM SCHWANZ.

HE WIRT! NOCH ZWEI AUSTERN FÜR MICH UND MEINEN KUMPEL.
FÜRMICHNE DOBBELDE.

VERGESST ES JUNGS. IHR HABT GENUG.

DANN BRING MIR WENIGSTENS NOCH N'SAUREN HERING.
FÜRMICHN DOBBELDEN.

6/92 - 61
NEIN, VON DEN GÄSTEN KRIEGT IHR AUCH NIEMANDEN!

DAS STERNBILD DIREKT ÜBER UNS NENNT SICH „SINGENDE SEEGURKE".

DA DRÜBEN, DAS IST DAS „FAHLE FISCHSTÄBCHEN" UND DANEBEN DER „PLATONISCHE PLATSCH".

UND WAS IST DAS?
OCH, DAS IST BLOSS DER „GROSSE WAGEN".

GIB'S ZU, DAS LETZTE HAST DU DIR DOCH EBEN ERST AUSGEDACHT.

Wie die meisten Kinder zeichnete ich gern, und wie die meisten Eltern lobten auch meine das verschmuddelte Papier nach Kräften, weil seine Herstellung keinen Lärm verursachte. So lobten und zeichneten wir um die Wette bis mich die Wahnvorstellung ergriff, ich sei besonders talentiert.

In der Schule belegte ich den Leistungskurs Kunst, weil ich glaubte, man müsse dafür zeichnen können. Mußte man aber nicht. Danach begann ich eine Lehre als Retuscheur, weil ich glaubte, man müsse dafür bestimmt zeichnen können. Mußte man aber nicht. Schließlich studierte ich Grafik-Design, weil ich glaubte, man müsse dafür garantiert zeichnen können. Mußte man auch nicht, aber ich traf eine Menge Leute, die die gleiche Wahnvorstellung hatten wie ich. Viele wurden gerettet, ich fing an Comics zu zeichnen.

Muß man aber nicht.

Thomas Siemensen

Haiopei T-Shirt „Los Ingo, fass!“

100% Baumwolle in den

Größen: M, L, XL, XXL

Preis: DM 29,95

Haiopeis Postkarten

8 verschiedene Motive

zusammen DM 12,00

Haiopei Schlüsselanhänger

Preis: DM 9,95

Thomas Siemensen **Ingo Pien**

Umfang: 96 Seiten, s/w, Format: DIN A5, Softcover

Preis: DM 14,80, ISBN 3-928950-50-9

Haie-Stoffhandpuppen

Standard-Hai, Punk-Hai,

Schlafmützen-Hai je DM 29,95

Hai - Socken

80% Baumwolle

Preis: DM 19,95

Haiopei Aufkleber

Größe 10 cm

Preis: DM 3,95

Thomas Siemensen **Ingo Pien – Fluchhafen**

Umfang: 96 Seiten, s/w, Format: DIN A5, Softcover

Preis: DM 14,80, ISBN 3-928950-79-7

HAIOPEIS